천년의 시 0112

# 내가 나를 노려보는 동안

**천년의시 0112**

# 내가 나를 노려보는 동안

**1판 1쇄 펴낸날** 2020년 10월 10일
**지은이** 김정석
**펴낸이** 이재무
**책임편집** 차성환
**편집디자인** 민성돈, 장덕진
**펴낸곳** (주)천년의시작
**등록번호** 제301-2012-033호
**등록일자** 2006년 1월 10일
**주소** (03132) 서울시 종로구 삼일대로32길 36 운현신화타워 502호
**전화** 02-723-8668
**팩스** 02-723-8630
**홈페이지** www.poempoem.com
**이메일** poemsijak@hanmail.net

김정석ⓒ, 2020, printed in Seoul, Korea

ISBN 978-89-6021-518-4
     978-89-6021-105-6 04810(세트)

**값** 10,000원

# 내가 나를 노려보는 동안

김 정 석  시 집

천년의
시작

시인의 말


백지 한 장을 받아 머뭇머뭇 당신을 그리는데
그림 속에 내가 있다


내가 나를 노려보는 동안
적도의 해는 그림자를 짧게 깎아준다


손바닥에 꽃잎 한 장만큼 작아진 시가
남았다


2020년 9월, 광양에서 김정석

# 차 례

시인의 말

## 제1부

제1부

# 소화기

단 한 번의 불길을 위해
터지도록 제 몸에 압력을 채우고
사는 소화기, 당신

또 헛방이다

제대로 한번 쏘아보지도 못하고
실금실금 빠져나가는 압력처럼

이 웃음
이 세월
당신

소화기 하나 들고 거기 벌서라
내가 불 지를 때까지

# 하현

당신이 내게 했던 그 많은 거짓말이
다 피었습니다

무더기무더기 말을 쌓아놓고
돌멩이로 돌멩이 내리치듯

바람은
꽃으로 꽃을 내리칩니다

하룻밤에 수백 번 그대에게 날아갑니다
차마 오라는 기별은 못 하고

손톱을 짧게 자릅니다
벚나무는 더 벗을 옷이 없습니다

# 제련

때릴수록 제 몸이 더 멍 드는 게 쇳덩이다
식힐수록 제 몸이 달아오르는 게
사랑이다

천 도로 달군 쇠가
초속 이십 미터로 달린다
빨갛게 달굴 때는 언제고
너무 달아올랐다고 두들겨 패며 물을 뿌린다

단단해져라
질겨져라
그대 만날 몸을 만들려면 그 정도로는 안 된다

여름도 겨울도 여기는
천 도 언저리,

살다가 그게 그거다 싶어지면
여기 와서 보는 거다
여기서 멈춰야겠다 싶으면
확 부어
쇠로 굳혀 버리는 거다

# 안녕, 크로네

여기 북유럽 그린란드
여름이 깊어
해가 지는 듯 마는 듯 다시 뜨는 날에는
봉투에다 슬픔 10크로네쯤 넣어
당신에게 보냅니다

북해, 자궁 같은 바다

해는 떨어지면서 버니어 캘리퍼스를 들이댑니다
사랑이든 외로움이든 0.1밀리미터로
측정합니다

가끔 절망의 거리도
사랑으로 오측정합니다
사랑으로 갔다 절망으로 돌아오기도 합니다

안녕, 크로네

해는 졌는데
반대 방향에서 금방 떠오릅니다
잊히겠지요, 순식간에

# 달맞이꽃

정말 이상해요 당신 생각하면 이렇게 아픈데
당신을 이해하게 돼요
꽃이 졌다고 다 끝은 아닌데
달을 보고 웃어요

문 열고 나서면 길인데
못 가요

자꾸 멀리서 보고 끄덕이는 버릇이 생겼어요

# 유월, Deep Kiss

뒤척일 밤도 없는데
그 밤에
그 산에
밤꽃이 피었습니다

초록은 떼로 몰려다니며 덮치려 합니다
초록 아니면 견딜 수 없는
유월
결국 피도 초록이 됩니다

버려져서 구석으로 물러나
초록이 아닌 것들에게 눈키스를 보냅니다
모란 수국 붓꽃
Deep
Deep kiss

Stop, 여기서 더 깊이 들어가면 당신입니다

# 울음항아리

인적이 끊긴 골목 언저리
마른 멸치 몇 개로 여자가 길고양이를 유혹한다
멈칫멈칫하다가 순식간에
고양이는 멸치만 물고 간다

가다 저도 미안했던지 슬쩍 돌아본다
울음 몇몇을 꺼내 놓는다

애처롭게 울 때와 청승맞게 울 때를 구분 동작으로 들려준다

건드리기만 해도 툭툭 터지는
울음항아리

울음의
본거지

밤늦게 귀가하는 여자는
울음을
휴대하지 않는다

# 무지몽매 달빛 한 짐

빈 함바집에 혼자 남아 술을 푼다
바람이 문만 흔들어도
앞에 하나 더 둔 잔을 채운다

함바집 주인 엉덩짝만 한 유리창에
희멀건 달덩이가 희죽희죽 웃는다

공사판 철제 간이 계단처럼 삐걱거리던
사람아
가라, 가라, 새 날리듯
달빛 날리며 질벅질벅 집으로 가는 길을 밟는다

왜 이리 무거워
질통은 이미 벗었고 벽돌도 모래도 다 내렸는데

거참, 내가 언제 외롭다고 했더냐
같이 가자며 어깨에 내려앉은
이 무지몽매 달빛아

# 달빛만 억만 조각

돌멩이를 던졌다
푸-욱
허공을 찢고
와장창
네가 닫고 간 유리창을 부수라고

깨지라는 유리창은 말짱하고
달빛만 억만 조각 부서져

던진 놈 가슴만
피범벅이다

# 정전

깜깜합니다
자동 센서를 향해 몸을 비틀며
나라고 말합니다
묵묵부답
나라고
나라고
말해도 안 들어줍니다
눈을 떠도 눈을 감아도 똑같습니다
귀를 세워보지만 아무도 없습니다
어둠은 결백을 스스로 증명하라 합니다
안 보이는 곳에 있는 것은
진실입니다

# 하현달

시집간 딸이 왔다
마늘씨처럼 제 방으로 들어가 틀어박혔다

마늘을 심으려면 달포나 남았는데
아내는 마늘을 쪼개며 맵다고 훌쩍인다

안 맞아서 왔다는데
제까짓 것들이 뭘 알아
삼십 년 산 우리 부부도
사흘 건너 토닥이는데

문을 열어볼까 하다 그만두고
텔레비전 채널을 격투기 중계로 돌린다
전의를 불태운다

창밖 가로등이 수백 마리 날것들에게 포위되어
사투 중이다 이미 피범벅이다

창을 여니
하늘에도 마늘씨가 걸려 있다

# 그리운 나라

# 숲이 보낸 청구서
별 이천삼십 개, 삼십 개는 서비스
풀밭 이백 제곱미터, 여섯 시간 삼십오 분 사용
서비스료 포함 가격: 햇볕 두 섬 닷 말
지나는 아이들 보고 손 흔들며 웃기 하면 포인트 적립

# 구름이 보낸 일기예보
바람이 염소 뿔을 간지르면 열 발짝
햇볕은 붉은 고추를 바짝 말리는 데 사흘
시계視界는 마을 길이 천 보步쯤에서 좁아지기 시작함

# 하늘이 보낸 종합 보고서
슬픔은 숲속 오리나무 이파리로 숨어들고
책갈피에 끼워둔 그리움은 꺼내 쓰기에 적당한 날임

이런 날은 엎친 데 덮치고 싶음

# 편지

광양주유소 휘발유 판매기 앞에
가을이 와서 멈췄다

성냥을 그어달라고

단풍나무 가지 사이로 쏟아지는 햇살
주유기를 꺼내어 갈긴다
초조한 사랑아

뼈가 붉게
익어간다
단풍잎도 온통 피칠갑이다

살점 뭉텅뭉텅 베어내듯 노을이 온다

불 질러달라고

# 옥룡사 동백

둘이 밤새
울어봐라

밤새 속 터져봐라

동백은 립스틱을
칠한 적이 없다
제 몸에 향수를 뿌린 적도 없다

홀라당 벗느니 모가지 툭 떨어지겠다

살려 달라고 하룻밤만 더
살려 달라고
울던 최양숙이처럼

동백, 그렇게 하룻밤 자고 갔다

# 서치라이트

불빛을 먼 데서 비춰 당신 몸을 길게 늘린다

시꺼먼 후레쉬 하나면 언제든 만들 수 있는

그림자,

늘였다 줄였다

늘였다 줄였다

네 몸에 내 몸을 포갠다

제2부

# 의령 1

자음이 떨어져 나간 간판
조로식당과 꼬님의상실 사이의 빨랫줄에
하얀 팬티와 헐렁한 티셔츠가 널려 있다

목련꽃이 피어있다

낡은 팬티의 고무줄도
촌스런 티셔츠의 목선도
늘어지면서
읍내의 시간은 가는 것이다
돌고 돌아서 언제 와도 소읍의 햇살은
빨랫줄에 내려앉아 있는 것이다

돌아오지 못할 데까지 멀리 떠나려면
여기 와야겠다

# 의령 2

망개덩굴처럼 뻗어있다
읍내의 길이라는 건 살아온 사연대로 자라는 거라
우측으로 돌아서 와도
좌측으로 돌아서 와도
화신라사 사거리 망개떡 가게 앞에서 만난다

열고 들어오는 사람도 편하다
닫고 나가는 사람도 편하다

기사식당 문짝은 이렇게
조금씩 비틀렸으니
아무리 툴툴거려도 상관없겠다

손님보다 객식구가 더 많이 모여 밥을 먹는다
밥 한 숟가락에 말 세 숟가락씩이다
허름한 숟가락 통이나
오래된 주전자
여기서는 서툰 서울말로 주문해도 들키지 않는다

자꾸만 터지려는 웃음이

이 골목 저 골목에서 불쑥불쑥 튀어나온다

그렇다고 의령에서는 다 웃어버리면 안 된다
망개잎 뜯어 꼭꼭 감싼 망개떡을
슬쩍 내밀면 그게 마음이다

# 탱자꽃

눈을 감고
숨을 참았다

사금파리에서 튕겨 나온 햇살

고개를 들어
고개를 들어
말해

탱자꽃 환한 울타리 따라
그 애가 왔다

# 저 달이 보는데

아이 둘 서울로 유학 가고
그 자리
허공 한 채 들여놓았다

그립다거나 외롭다거나 하는 말 대신
나는 거기에
'허하네'를 키운다

가끔 방문을 열면
쪽창으로 다가와 몰래 방을 엿보는 달

지난 귀향 때 끊었던 아이의 차표가
할 일 끝내고 책상 위에서 두리번거린다
자꾸 눈길을 주는 내게 어데 갈 거냐고 묻는다
난 그냥 웃는다

저 달이 여기서 본 것
서울 가서 다 까발리면 어쩌나 싶어
그냥 웃는다

# 처방전

내분비내과 김미영 원장님은 58세
오늘도 헐레벌떡 달려온 죽음들을 웃음으로 맞는다
곧 죽을 수 있겠네요
이 말만 쏙 빼고 처방전을 준다

괜찮다는 한마디는
발걸음이 가볍다
흥겹다

죽음과의 거리는 늘 한 발짝이다
한 발짝을 빤히 아는 김미영 원장님
오늘도 괜찮다는 처방전을 입력한다

뒷걸음질할 약이란 세상에 없다

# 우리 동네 비둘기

먹이를 주지 마세요
푯말 앞
먹이가 수북하다

우리 아이들은 날아다니는 비둘기 대신
뒤뚱뒤뚱 걷는 비둘기만 보게 됩니다
푯말 앞에도
먹이가 수북하다

폭식증 환자처럼
먹고 먹고 또 먹고

식당 간판만
거리 저 끝까지 걸어가는
이 동네에서
네이버에게 물어본다

기아 인구 9억 명,
억, 억, 억, 자꾸 목에 걸리는 것이 있다

우리 동네 비둘기는 정말 뚱뚱하다

# 띠불

신발의 굽을 떼고 슬금슬금 오는 봄바람으로
가까이
새 풀 돋아서 발자국 지워주는 풀밭처럼
감쪽같이

조심할 일은 꽃이 떨어지는 소리에도 놀래
도망갈 수 있으니
또아리 튼 뱀처럼 숨죽이고 잠들 때까지
기다리다

꿈에다 불 놓기
다랭이 논 굽은 둑방 따라
꽃뱀의 등 무늬처럼 번지는
십 리 띠불

# 대기자들

종합병원 진료실 앞에서 대기표를 뽑고 기다린다
의사는 몇 가지 병명과 함께
처방전을 내밀며

오늘은 죽지 않겠군요
그러나 조심하지 않으면
언제 죽을지 모릅니다

그럼요 주의하지 않으면
언제나 죽을 수 있죠
죽음을 너무 무서워 마세요
안 가본 길
다녀온 사람이 없을 뿐

붐비는 종합병원 계산대에서
방금 죽은 분

계산을 하려는데요
저기서 대기표 뽑고 기다리세요

당신도 곧 죽을 수 있습니다

# 오만한 고민

돈은 벌어도 쓸 때는 타서 쓴다
아내는 돈이 없다 없다 하면서도 달라면 준다
오만 원 두 장이 들어오면
내 지갑은 주름 가득한 얼굴로 웃는다

애플의 팀쿡이 사천 억의 연봉을 시간 없어 못 쓰는 거나
내가 번 돈을 내 마음대로 못 쓰는 거나
똑같은데 사람들은 그걸 계산한다

지하도를 건너다가 엎드려 있는 사람의 깡통에
오백 원을 넣을까
천 원을 넣을까
큰맘 먹고 오천 원을 넣을까
오만한 고민을 한다

내일도 난 행복했다
어제처럼

# 거기 목백일홍 피었나 보러 가잡니다

땡볕이 맨발로 십 리를
따라옵니다

길섶 칸나는 붉디붉은 입술로 어데 갈 데 없냐고 묻습니다

하늘은 뭉게구름 한 톨까지 다 잡아먹고도
허기져서
시퍼런 혀를 날름거립니다

나 잡아먹으세요
나 잡아먹으세요
그대에게 목을 디밉니다

곤명 다솔사 앞마당
만 개가 넘는 목백일홍 꽃이 피었습니다

# 바오밥나무

후원자님 앞으로 온 크리스마스카드에는
마다가스카르 바오밥나무 아래
흑인 아이가 웃고 있다

전화가 왔다
누구냐고 되물었다
나도 모르냐고
저쪽에서는 환장할 노릇이라는데
배고픈 기억은 지워져서
미안할 따름이다

생전에 아버지의 소나무는
자주 진흙 길에 빠졌다
그때마다 나는 황토를 반죽해서
아이티 소년처럼 쿠키를 만들었다

바오밥나무는 무자비하다
저리 멀고 막막하게 열매를 달아놓고
배고프지 말라니
이름만 밥나무인

그 아래 배고픈 바오가 산다

소나무 껍질 벗겨 송기죽 끓여 먹던
아버지는 한 생을 건너 아프리카에
가셨나 보다
오늘도 낯선 전화가 왔다
갔다

# 메이드 인 코리아

에티오피아 일곱 살 소년 마흐니가
물 배달을 한다
하루에 스무 통을 길어야
굶지 않는다

에이즈로 죽은 엄마 아빠의
유일한 유산
에이즈를 물려받은 동생

물줄기는 언제 끊어질지 모른다
오늘을 걸어야 내일이 끌려오는
물 길러 다니는 이십 리

마흐니의 물이 그 희미함을 연장한다

다리 사이로 기어오른 빨간 황토 먼지
마흐니의 플라스틱 물통에 선명하게 찍힌
메이드 인 코리아

# 별

아직 내게 오지 않았으니
나를 떠나는 것은
내게 온 다음의 일이다

오지 않는다면 영영 떠날 수 없다

억만 광년 멀어도
내 하늘에서 너는 반짝인다

# 화암사에서 쫓겨 나왔다


절집 개 밥그릇은 깨끗하게 비어있다
공양간 신발은 공손하게 두 손을 모으고 있다
잘 있나요
화암사에서는 작게 말해도 멀리 간다
알몸처럼 맑은 소리가 난다

더 씻을 것 없어도 또 씻는다
자꾸 씻는다고 면박을 줘도 씻는다

밥그릇을 씻고
소리를 씻고
손을 씻고
씻고 씻고 씻고 돌아 나오는 길
공양간 모퉁이에서 누가 보고 있다
한 번은 더 와야겠다

# 꽃 문

꽃 다 졌다고 사람들 돌아가는데
다 늦게 꽃 보러 왔다

뻐꾸기 울음을 따라가면 돌아올 수 없다던
누이야, 서러운
울음 속에 손을 밀어 넣는다

배곯아 떠난 아이들 수십은 묻혔을
그늘지고 물 나는 거기
기억을 밟아가며 찔레꽃이 피었다

수조에 물이 차듯 발목부터 차오르는 울음이
몸을 지난다
뼈가 진저리를 친다

지는 꽃의 숨을 만져준다
꽃을 가득 싣고
휘청휘청 봄이 간다

꽃상여 문이 열린다

# 수국

내일까지 기다리기는 어렵다고 한다
빚내서라도 입금하겠다고 한다

몸의 붉은색 다 꺼내지 못하고
수국이

졌다

제3부

# 낮달

스무하루 낮달 저기
걸려 있다

낮달이었던 엄마는 절 앞 식당까지 왔다
연잎밥 한 그릇 비우고 갔다

다솔사 공양간 처사 김 씨
낫으로
목탁을 깎고 있다
달을 깎고 있다

너무 많이 깎았다
적멸보궁 지붕 위 저 하현달

# 화양연화


당신은 항상 몇 시간쯤 늦는다
기다린다
기다린다

짐승이 벚꽃나무 그늘에 앉아 운다

안녕, 막차는 떠나고
엑셀레이터 밟듯
꽃잎을 꾹, 눌러 밟는다

꽃잎을 타고 세월을 타고 너를 떠난다

# 매물도

한껏 치장하고 온 사람들 배에서 내린다
매물도 길은 실밥 터진 청바지다 울긋불긋 아웃도어다
여길 가도 저길 가도 툭툭
웃음이 터진다

바다를 향해 소리치면 묵묵부답인데
대답을 들은 것 같다

길이 언덕을 넘어
더 못 가고 쌓인다
절벽이다

절벽을 등 뒤에 세우고
한 남정네 마지막 오줌 한 방울
털어낸다
빨간 동백 꽃물이 든 길바닥이 봄볕에
진저리 친다

길이 걸어간 멀리 수평선이 입을 꾹 다문다

# 벼랑길

깎아지른 벼랑도
돌아서 오르는 길이 있듯
중년 어느 날 다시 만난 걸 보면
그녀도 내게는
서리서리 막막한 벼랑이었나 보다

햇살이 찰랑거려 찬찬히 못 보았던
소녀적 모습
이제야 제대로 보려나
은행잎, 그 노란 수맥처럼
짙은 화장 속에 숨은 실금들

서울 한복판에 뜬 낮달이나 물끄러미 보다가
돌아오는 버스에 올랐다

# 스킨십

마누라 아픈 것도 새끼 아픈 것도
먼저 알아준 적 없지만
기계는 옆에만 가도 인자 다 안당께요
손만 슬쩍 짚어봐도
이놈이 열이 높은 것인지
일하기 싫어 꾀부리는 것인지

뭐 그런 거 묻지 마요 속사정 모르는 거야
사람이나 기계나 피차일반
몸에 기름 범벅 묻히니 그놈 체온이 내게 건너온 거지
내가 무슨 신통방통일까요

마누라 옆에 가서 땀을 같이 묻혀 봐요
당신도 마누라 아픈 것 말 안 들어도 다 알지
맬겁시 옆에 앉아서 머리도 짚어주고
젖도 한번 만져주고

그게 스킨십이라고 그런 에런 말 모르고
체온이 체온을 건너다녀야 안다는 거지
기계든 사람이든

# 불빛에 먹히다

당신이지
어둠이 시간 사이에 손톱을 박고
계곡을 만들고
허공을 낳을 때
짐승 울음처럼 불빛이 찢어지는 거기
아, 옷을 훌렁훌렁 벗어 던지고
크고 비린 혀로
천천히 오지

어둠에 뛰어들어
닥치는 대로 마구마구 벗기고
끈적하게 엉켜서 맺히고

춤을 추는 거야
느리게 더 느리게
무척추동물처럼

떨어지지도 못하고 맺혀 있는 불빛들
당신이야

\>

몸에 천 개씩, 만 개씩 포개지며

물잠자리 꼬리와 꼬리가 교미하는 것처럼

빛이 빛의 꼬리를 물고

사랑이야

당신을 통째로 삼키고

환한 아침이야

# 크레인

크레인 기사 김 씨는
허공도 붙잡을 수 있다고 믿었다

커다란 짐을 가볍게 들어
아스라한 꼭대기까지 올리며
자신만만했다

이별을 예감한 적이 없다
명령만 내렸을 뿐 전기 패널 안 실핏줄 같은 선
한 가닥만 끊어져도
추락이라는 것을 몰랐다

기계와 사람은 서로 모르면서 다 아는 것처럼 일한다
남자와 여자도 서로 모르면서
다 아는 것처럼 말한다

사랑은 들어 올려질수록 발 디딜 자리가 없는
허공이다

이머전시 스위치를 눌러야 하는데
매번 늦었다

# 서포

처음인데 왠지 서포 터미널은 낯설지 않다
슈퍼마켓 평상에 봄볕을 깔아두고
할머니 세 분 화투를 친다
밑장 빼다 들킨 할머니에게
두 분이 욕을 퍼붓는다
소나기보다 줄기차다
시원하다
손바닥으로 그 욕을 쓸어 담아 돌아가는 버스에 실어준다
털실을 풀듯 길을 당기거나 구부리며
버스는 왔던 길을 돌아갈 것이다

방파제에는 건져 올린 익사체 주변으로
개 몇 마리
어슬렁거린다

나는 방파제 끝에 서서 발끝을 모은다
바다는 수심을 슬쩍 끌어 올려 경계한다

밀물이다, 펄 구덩이다, 죽음을 확인해 주러 왔다

# 지배 구조

굴착기가 땅을 판다
두 블록이나 건너와서도
모든 소리를 두들겨 팬다

야채 장사 일 톤 트럭의 스피커가
목이 찢어져라 볼륨을 올리지만
묻힌다

모든 소리가
굴착기의 리듬을 따라
쿵쿵거린다

# 석류꽃

식어버렸어 꽃이
다 져버렸어
색을 잃고
우울하게 우울하게
동그랗게 말려 있는 저 무채색의 제철소 철판 꽃

아아, 자꾸 입을 벌리면 뚝뚝 떨어지는 꽃을 식혔던 물

받아먹어 봐
어디까지 간 거야
보이지 않아
흑백영화처럼
붉은 석류꽃은 어디로 간 거야
붉은 드레스를 어디 벗어둔 거야

소비에트 공화국 시베리아 벌판에 버려진 고철덩이
붉게 붉게 녹이 슬어
석류꽃이 피었다

# 그물

숨어든 나를 밀어내려는 것을
알고 있었다

밀려나지 않으려고 버틸수록
조여오는 씨줄과 날줄

살은 터지고
피는 엉기는데

그래도 움직인다
아플수록 더 모질게 움직인다
움직여 더 빠르게 죽어간다

살아서는 결코 버리지 못하게

# 초승달

창밖
빈 나뭇가지에
귀걸이 한 짝 걸어두고
가버렸습니다

밥 먹는 중이었는데

# 만학晩學

팔 남매 낳아 기르다 보니
늘 부족했던 먹거리
어머니는 사는 게 나아졌어도
사과 한 알 당신 입에 못 넣다가
한쪽이 썩을 무렵에야 드셨습니다

사과 몇 박스를 살 돈 정도는 번다고 말해도
어머니는 웃기만 했습니다
어머니가 야속했습니다

올해는 청개구리처럼 성한 과일 대신
떨이 사과 한 봉지를 들고
성묘를 갔습니다

산소 앞에 놓인 모난 과일은
뒹굴던 내 어릴 적 모습이었습니다
한입 가득 어머니를 베어 물었습니다
시고 달았습니다

# 천 년을 걷다

다솔사 들어서기 전
나물 팔던 할머니가
길 건너 할머니에게
고구마 반쪽을 건네러 간다
한 걸음 한 걸음 마음이야 바람 같은데
애타다
목마르다
차도 줄 서서 기다린다

세월도 못 가고 줄 서서 기다리고 있다
뒤안에서 소나무 이파리처럼 수북하게 쌓인다
저러다가는 건너갔다 오는데
지는 해 다 쓸 것 같다
적멸보궁을 지나 사리탑까지 가는데
천 년쯤 걸리겠다

천 년 전 절 지으러 오는 대사님 뒤따라가며
스님 스님 부처님까지 굶기려고 그러오 하며
애타던 그 할머니 이제 저기 가고 있다

# 해남동초등학교

지금도 그대로일까?
구멍 뚫린 학교 블록담에 갈겨둔
오줌의 흔적도
그 구멍으로 오후 내내 드나들던
얇고 예쁘던 햇살 몇 잎도

쪽빛 하늘 또박또박 걷던 낮달을 향해
종이비행기를 날렸지
콜타르 칠한 목조 교사校숨 지붕 너머로
휘파람도 날렸지

호떡집 아줌마가 채워주던 허기와
극장 문 앞 아저씨의 쩡쩡거리는 호통은
어디로 갔을까

물에 헹군 웃음처럼
환하게 번지던 너의 볼우물은
물론 잘 있겠지

모두 조금씩 귀밑머리부터

샛강 은회색 갈꽃이 번져
사랑보다도 가난보다도
더 외로운 세월을 타고
교장 선생님의 귀 익은 기침을
따라하고 있을 거야

제4부

# 폐회로

각종 전선과 배관이 지나는 지하 공동구에서
죽음이 회로를 개방해 줄 때까지 삼십 년
김 씨는 일만 했다

폐회로의 전류처럼 빙빙 그 안을 매일 돌았다
윙윙 고압 전기가 흐르면
몰래 들어왔다 나갈 길을 잃은 쥐도
가끔 똥을 싸고 죽는 곳이었다

그날 지하 배수로에 물이 찼다
김 씨는 급히 무전을 날렸다
상급자는 휴가 중이고
수신처가 없는
모든 신호는 익사하고 말았다

일간지에 사인이 발표됐다
혼자 깊이 들어간 것이 잘못이었다
낡은 공동구를 보수하지 않은 것이
잘못이었다
그 모두는
일만 하다 죽은 김 씨가 해야 할 일이었다

# 프로그래밍 컨트롤러

프로그래밍 컨트롤러는 수천 개
동굴이 아가리를 벌리고 있는 절벽이다

백만 마리의 펭귄이 제짝을 찾아가듯
백만 마리의 박쥐가 제 새끼를 찾아가듯
0과 1만 읽고 목표 지점을 찾아간다

1이면 가고
0이면 멈춰라

사람이 알려 주는 것은
규칙뿐,
주는 먹이는 5밀리암페어 전류가 전부다

일 초에 지구를 일곱 바퀴 반
너는 폐회로 안을 빙빙 돌아다닌다
실핏줄처럼 엉킨 길을 찾아낸다
수만 개의 이름을 부른다
수만 개의 물음을 돌려보낸다

\>

못 찾을 것도
못 갈 곳도 없다

사람이든 짐승이든
죽음 앞에서는
0이다

## 스패너들

그렇게 잡는 게 아냐
놓은 듯 쥔 듯
살아있는 놈처럼

너무 꽉 잡아서 미끄러지면 네 힘으로 너를 치는 거야

기계의 목을 움켜잡고, 숨이 턱에 찰 때까지

비명이 새지 못하게
조여봐

세상이 어디 그리 허술하니
꽉 조이지 않으면 언제 어디서 풀릴지 몰라
저기 풀린 것들 봐
저 움켜쥘 손도 없는 것들

풀리며 엉키며 쏟아지며 땀은 또 얼마나 끔찍했는지
옷깃이며 등짝에 소름 돋는
하얀 소금밭

\>
이 손 좀
봐
이게 어디 사람 손이니

그래도 한번 쥐면 놓지 않는 손이야
죽을 힘으로 견디며 거둬 먹인

# 스패너

선배의 정년 퇴임에서 큰딸이 편지를 읽는다
풀고 조이고, 풀고 조이고
아빠가 일하는 동안 엄마는 하늘나라로 갔다

집은 여름에도 복숭아뼈가 시렸다
새벽이고 휴일이고
아빠를 부르는 회사의 전화기가 미웠다

그때마다 큰딸은 스패너로 방바닥을 두드렸다
어딘지 빈자리가 있을 것 같아
밥을 먹어도
자꾸 허전했다
아빠처럼 일만 하며 살지 않을 거라 다짐했다
그 말을 먹고 부쩍부쩍 마음이 자랐다

닳아져 간격이 벌어지고
습기가 나올까 봐
삐걱거리는 선배는
스패너 잡던 손을 풀지 못했다

\>

손금이 지워진 손에서 스패너는
갈 길을 잃었다
더 이상 조일 기계가 없어
이젠
쉬어야 한다

M22 볼트처럼 단단하고 질긴 하루가 저물고 있다

# 제철소에 오시면 마음이 가벼워집니다

여기서는 십 톤, 이십 톤짜리는 트럭 축에도 못 끼어요
한 덩이 실으면 삼십 톤이고
세 덩이만 실어도 백 톤입니다

천근만근 마음이 무거운 분들 꼭 한번 놀러 오세요

저기 용광로 문이 열리면
시뻘건 쇳덩이가 불을 토해 내요
지른 불 없이도 날마다 활활 타는 사람들
불 지르고 싶으면
여기 오세요

잡생각 없애려고
두들기고 패고 두들기고 패고
단단하고 모난 놈 있을까 두들기고 패고 두들기고 패고
너무 뜨겁다 싶으면
물 뿌리고
더 더
쇠를 더 단단하게 하려면
제철소 사람들 마음은 얼마나 더 단단해야 할까요

>
새끼 떠나고 마누라 아플 때도
주야장천
철판만 두들겨 패고 또 팼다네요

그러니 쇳덩이처럼 무거운 마음
여기 다 부려놓고 가벼워지세요
제철소에서는 몸이 무거우면
마음은 가벼워진다고
저 트레일러도 날마다 빈 몸으로 와서
쇳덩이 몇 개씩 싣고 간답니다

# 선회창 旋回窓

빙글빙글 돌던 기계가
먹었던 손을
토해 냈다고 한다

주인 없이 걸려 있던 푸른 작업복이 진저리 친다

밤이고 낮이고
뭐든지 삼켜버리는 시뻘건 불가사리
흐흐 웃는다

눈물 훔칠 틈도 주지 않는 저 기계는
봉분이다
지구는 앞을 보려고 돌아가는 선회창이다

마음은 천 근이어도
다시 억만 근 철판을 만든다
천 도로 달군 쇳덩이 천 톤으로 누른다

# 전기적인 세월

일일 작업지시서 한 장 떨어지면
작업자는 전기 패널을 열고 스패너로 드라이버로
또 하루를 조인다

볼트는 너트에게 말한다
우리는 늘 잠겨있다고
더 잠기면 이제 숨을 쉴 수 없다고

세월은 풀어내는 거라서
닳아지고 벌어지고 녹이 슬어 스러지는 거라서
검전봉으로 톡톡
건드리며
지금까지 통할 전기가 남았냐고
손가락으로 콕콕 찌르면서 찌릿찌릿하냐고

너나 나나 그렇게 아크나게 살아온 거라고

# 죄 다 조여 드립니다

34 24 34 춘자도 미자도 아닙니다
M24 × 70mm 육각머리 볼트로
죄다 조여 드립니다

볼트와 너트는 서로 잠가주면서
풀리지 말자고 약속하지만
결국 스패너의 앙다문 입에 물려
잠겼다가 풀렸다가 합니다

풀어주고 감아내는 것이
볼트와 너트의 일이지만
끝까지 가도 둘이 만나지 못하게
사이에는 철판이라도 한 조각 끼워져 있어야 세월입니다

죄를 먹으며 자라나서
죄를 먹고 부자가 되는
여기에서는
죄가 보이지 않도록
죄가 잘 숨어 있도록
볼트와 너트로 죄 다 조여 드립니다

# 세월을 감아내다

철판이 압연기를 지나 롤러 테이블을 굴러 감기는 동안
당신은 묵묵하게 철판만 본다
다음 철판이 지나도 또 다음 철판만 본다
더 보이는 것도
더 볼 것도 없는
철판 공장에서 당신은 철판만 본다

벚꽃 다 지고 소스라치게 소스라치게
배꽃도 다 지고 나면
만나서 술이나 한잔 하자고
철판에 멍든 몸 적셔주자고
이게 무슨 신파도 아니고
철판이 노란색이 되는 것도 아니고
빨간색이 되는 것도 아니고

먼지, 까맣다

내 마음도 까맣다

철판으로 감아낸 세월 다 팔려 나가고 없다

# 휴머니스트


세우면 1이고 눕히면 0인
세상은 감옥

01100101100

여기 어디예요
밥 먹고 나서면 공장이거나 집

벗어날 수 있는 운명이 아니지요
거기서 거기까지 자로 줄을 그어요
에둘러 올 생각은 버리세요

물방울이 아니라면 불방울이겠지요
울음이 아니라면 폭탄이겠지요

울음을 꼭꼭 눌러 쇠를 만들어요
욕을 절절 끓여 불을 만들어요

세상은 어둡거나 환하거나 무겁거나 가볍거나 날거나 추
락하거나

당신은 어두워지거나 환해지거나 무거워지거나 가벼워지
거나 날다가 걷다가

나는 파르스름하다가 불그죽죽하다가 까무잡잡하다가 희
끄무레하다가


01100101100

# 대장장이

그래 그렇게 몸에 힘을 빼고 두들기는 거야 너는 길만 잡아주면 돼. 쇠는 쇠의 힘으로 부려야지 사람의 힘이 들어가면 억지인 거야 저마다 받아들이고 튕겨내는 힘이 다른 거야 그걸 무시하고 억지로 하면 부러지는 거지. 뭐든 제 성질이 다 있어. 그걸 알아야 해

두들긴다고 다 단단해지는 것은 아냐
단단하다고 다 이기는 것도 아냐

좀 더 길게 잡어 망치의 무게를 느끼게 해야 해 짧게 잡으면 네 힘이고 길게 잡으면 망치의 힘이야 망치에게 맡겨야 해. 두들기는 것은 망치가 할 일이야

너는 망치도 잊고 두들겨 맞는 저 쇳덩이도 잊어. 그들은 서로를 두들겨서 강해지는 거야
누가 누구를 두들긴다고 생각하지 않아

믿어 봐. 못 믿을 일 많은 시절이어도 쇠끼리 두들길 때는 사람이 아니고 쇠를 믿는 거야. 쇠는 쇠가 알아주고 사람은

사람이 알아줘야 되는 거야 적당히 튕겨 내고 끝까지 버텨주
며 서로의 등이 되는 거다

# 기만이 부부

기만이는 기계조립부 베테랑이다
크기가 다르고 태생이 다른 둘을
빠지지 않게
억지 끼워 맞춤 하는 것이 그의 일이다

사람도 쇠도 열을 받으면 늘어나는데
한쪽만 잔뜩 가열해서
늘어난 구멍에 구멍보다 더 큰 축을 억지로 끼운다

기만이 처 순명이도 그렇게 만났다

뜨거울 때는 모른다
식고 나서야 빡빡하게 끼이고 아프지만
빠지지 않는다

기만이 술 먹고 들어와서 소리 지르면
순명이는 더 크게 소리 지른다
아이엠에프 때 월급 반만 나오면 순명이가
화장품 외판을 했다
쇠처럼 더우면 같이 늘어나고 추우면 같이 줄어들었다

>
기만이가 조립한 기계는 날마다 수십 개씩 세상으로 간다
순명이가 뽑아낸 최고급 아들 둘도 세상으로 갔다
맞추며 한 삼십 년 살다 보면 지나간 일은 다 잊힌다
둘은 한 덩어리 쇠다

# 하길이

사는 게 뭐라고
마누라 바람나서 떠나고 그런 한국이 싫다고 애들 다 외
국으로 가버리고 기댈 데가 중졸 학력, 자네는 일밖에 없어

낮에도 밤에도
용접기로

지지고 볶고 붙이고 밀고 자르고

그때 말야 자네 아파 이승에 누워있을 때 했던 말 생각나
형 사는 게 참 허망하네요
나는 못 해봤는데
형은 한번 해보소

뭘?

바람이나 한번 펴보소
나는 나 좋아하는 여자랑 딱 하룻밤만 자고 갔으면 소원
이 없겠소

# 아침 퇴근

밤에도 잠들지 못하게 불덩이를 먹여서
쇠를 녹이는 제철소 남자들 야근 끝내고 퇴근한다

어둠을 몇 동이나 마셨는지 얼굴이 시커면 먹물이다
쇳가루를 몇 사발이나 마셨는지
목소리가 착 가라앉아 있다

이대로 잠들면 너무 무거워 일어나지 못할까 봐
아침 술 먹으러 간다
술잔 가득 욕을 채워 마신다

술기운에 마음이 헐렁해지면 팔 한짝
어제 기계에게 먹힌 것 아녀 하며 흔들어본다
겸연쩍게 웃으며 옆 사람과 어깨동무도 한다

밤새 만든 철판, 트럭에 실려 가는 것 보면
흐뭇하다
제철소 남자들, 철판이 되는 그날까지
야근은 계속된다

# 기계는 정상

사람들이 모여 수군거리고
눈들이 일제히 한군데로 모이자
용접공 그가 까만 줄을 끌고
꾸물꾸물 기어 나온다
처음엔 눈만 깜박깜박하더니
입을 벌렸다 다물었다 하더니
용접면을 내동댕이친다
냉수 한 사발 벌컥벌컥 들이켠다

시꺼멓게 덤벼들던 기계에게 눌려 죽을 뻔했는데
어느 놈 멱살이라도 잡고 흔들어야 하는데
잡혀 줄 멱살이 없다
멱살도 턱주가리도 없는 기계만 있다

기계는 정상이라고 푸른색 램프를 끔벅끔벅한다
알았다는 듯 몰랐다는 듯 반짝인다

괜찮다, 괜찮다
기계는 고치면 된다
사람들이 고개를 주억거린다

# 용접을 하다

당신과 나를 전기톱으로 자른다
아크 용접기로 반씩 각각 붙인다
지렁이 길 찾아가듯 서로의 몸을 더듬는다
한마음이라고 말하던 아침은
밤은 없고
서로를 몰라본다

왼발과 오른발이 앞뒤로 가려 한다
왼손과 오른손이 다른 방향을 가리킨다
한 발이 가면 한 발은 끌려온다
한 손이 오면 다른 손은 끌려온다

입을 열면 입은 곧 닫힌다

내 입술은 내 입술만
만난다

# 스위칭

기계의 동음반복이 나를 부른다
멍키 스패너를 들고 커팅 머신에게 간다
롤러테이블로 간다

삼각형 사각형을 조합하고 로그와 벡터를 계산해서
작업지시서대로 물건을 만든다

기계는 풀린 데 없이 꼭꼭 조였는데
조인 사람의 몸은 조금씩 풀리는지
꿀벌 수천 마리의 날갯짓처럼 윙윙거리는 관절들
삐걱거리는 뼈들
검사대에서 기계는 정품만 살아남는다

쉬어야 하는데, 쉬어 가야 하는데 휴식 시간까지는 멀다
사람이 끌 수 없는 스위치
시간이 꺼줄 때까지 기계는 돌아간다

기계와 기계 사이로 사람이 지나갔는데
기계만 보인다

# 체인블록

아버지는 체인블록을 잡아당기며
기계의 무게는 기계로 견디게 하는 거라 하셨다

해머로 쳐서 잠긴 볼트를 풀어내면서
비켜라, 기계는 모른다
묶인 것들이 풀리는 순간 얼마나 뛰쳐나갈지는
얼마나 오래 묶였는지
얼마나 무겁게 잠겼는지에 따라 다르다
사는 일도 언제 어디서 뭐가 튀어나올지 모른다 하셨다

한 뼘 올리거나 한 뼘 내려서 무게 중심을 맞추듯
누군가 얻으면 누군가는 잃어야 한다

예순여섯에 일찍 가신 아버지는
몸이 쇳덩이인 줄 아셨다
체인블록 같은 약이 있었으면
죽음 쪽으로 기우는 몸을 붙잡았을 거다
받은 목숨은 다 쓰고 가셨을 거다

아버지, 당신의 체인블록은 중심을 잡지 못하고 가셨다

제5부

# 골프장에서 풀 뽑기

자세 1.
엉덩이에 둥글게 힘을 줘서
공처럼 보이게 하는 것이다

누군가 엉덩이를 발로 툭 차면
공이 되어
데구르르 구르는 거다

저기까지 다 뽑아야 팔만 원을 받는 여자가
마스크를 벗고 땀을 훔친다
도시락을 꺼내 밥을 먹는다
김치가 떨어지자 슬쩍 구멍에 밀어 넣는다

주의 사항 2.
풀을 뽑을 때는 엉덩이를 최대한 빼고 엎드려
풀로 위장한다

책임 3.
구멍은 활짝 웃고 받아들인다

# 요하네스버그에 가다


나이프는
등만 남았다는 것을 느끼자 재빨리
어둠이 되었죠

당신을 만나기 이전에
나는 쉬어빠진 밥이거나
부패하려다 실패하고 햇볕에 바짝 말라버린 물고기였죠

당신은 푸르게 사는 법을 가르쳐주었지만
그 법만으로는 요하네스버그까지
갈 수 없었어요

사막은 노랗게 누워있고 나일강은 거꾸로 흐르고 있어요

향기 비비는 법을 배우고
나는 꽃이 되었어요
이봐요, 불렀더니
넌 화병의 꽃이야, 하네요

&gt;

편지를 써서 물병에 넣고 바다에 띄우면

언젠가는 요하네스버그에 닿을 거라 하네요

# 노래방, 인터스텔라

1.
누군가 일으켜 주면 금방 또 넘어져야 해

걷다가 손이 없어지고 발이 없어지고
그땐 구르는 거야

노래를 잡지 마 소리에 반응하지 마
여기서 저
별까지,
빛은 묶을 수 없어
빛이 노래를 후려치고 있어

2.
죽었는데 금방 다시 태어난 거야
여긴 별이잖아
밤새도록 죽고 다시 태어났어

3.
사랑의 자간字間처럼 한눈에 다 보이는 저 별과 별의 거리
가 1억 광년이래

# 춤추는 인형

SNS 방 하나를 세 얻어서 말을 나누는데
날씨가 안부이거나
취기가 고백이거나
거기는 미국이고 아이 엠 쏘리 여기는 한국

심심하다고 말할 때
그래 사람은 누구나 심심한 거야
외롭다고 말할 때
그래 사람은 결국 혼자인 거야

보이지 않는 누군가와 섹스를 상상하고 기다리는
내가 한 생각보다도
더 많은 내 생각이 떠다니는 거기

비가 억수로 쏟아진다
거긴 별이 총총하다던데
창밖에서 누가 본다
발가벗고 혼자 춤추는 인형

# 末子

고백할게요 빗살무늬는 갈비뼈를 훔친 거여요
사람은 흙으로 만든 게 아니어요
처음엔 불빛이었다고요

불빛, 칼을 장난처럼 휘두르면
툭툭 떨어지는 불빛

누구에게는 한목숨이에요
칼질이나 해주세요
등짝에다 고등어를 그려주세요

절집 추녀의 물고기처럼

흔들흔들
제 몸뚱이 걸어두고

흔들리지 않을 때까지 흔들리는

# 전문가

꽃이 길고 아련하게 줄을 서서 배웅한다 그는 꽃 줄을 세우면서도 물어본다 자리의 배열은 권력이다
조문 행렬보다 길게 화환 줄을 세운다

울음을 한 주먹씩 들고 온 사람들은 꽃 앞에 정갈하게 놓고 간다

그가 주문을 받고 꽃을 고를 때는 죽음과 슬픔의 깊이를 생각한다 울음의 양도 구분한다 그늘에서 자란 꽃일수록 웃음기를 숨기는 능력이 뛰어나다 울음을 모두 수분으로 바꾸어 더 촉촉하다

울음을 꼬박꼬박 받는 그의 꽃은 정작 울어본 적이 없다
저승문을 열고 나면 그의 꽃은 시들기 전에 버려진다

꽃을 배달하고 오면 그는 라면을 끓여 먹는다 라면 국물처럼 후루룩 사라지는 울음, 꽃으로 죽음을 웃게 하는 그는 전문가다

# 뭉게구름이 한강을 건너는 법

여긴 아냐 눕지 마 그냥 지나치자고 오후 두 시, 아직은 너무 일러 들킨다고 누구도 아는 척하지 않을 거야 당신 혼자 버려두고 갈 거라고

찐빵, 팥빵, 깨빵 빵이 비켜도 안 비켜도 빵빵거리며 자전거가 지나가고 롤러 브레이드가 지나가고

타워팰리스를 품은 양재천 변, 이 안도할 수 없는 쉼터를 뭉게구름이 지날 때는 꼭 이 법칙을 따라주세요. 빵을 먹는 사람에게는 빵빵 총을 주고 공을 좋아하는 사람들에게 곰이 되고 골을 좋아하는 사람들에게는 오프사이드가 되는 거예요

보이는 게 있었나요 보여 주는 것 혹시 다 보았나요 괜찮아요 뭉게구름도 강을 건너면 함부로 웃어도 돼요 새털구름으로 퍼져도 되고 비행기구름으로 줄을 서도 돼요

슬픔은 그런 빛깔이 아냐 얼마나 우리는 늦었는지 아무도 몰라 자귀나무꽃이 핀걸 그들이 밤마다 잎을 오므려 사랑하는걸 거기 그대로 숨어있어 밤까지 우리는 우리보다 우리를 더 잘 알고 있는 강가에서 그렇게 있는 거야 붉은 글씨를 쓰

는 거야 피를 흘리며 쓰러져서 잠드는 거야

노을, 지나간 다음에 뭉게구름이 피워 내는 꽃 젖어서 우
리는 그렇게 다 젖어서 울고 있었던 거지 아무도 모를 뿐. 거
기 엎어져서 붉은 잉크처럼 번지기 시작하는 거야 너에게 번
지기 시작하는 거야 날마다 엎어져서 헝클어지는 거야

# 여량 5리

정선선 낡고 좁은 굴속을 빠져나온 안개가
여량 5리를 지운다
배가 나온 커다란 애벌레가 안개를 따라 흘러든다

교묘하고 야비하게

안개는 살아있는 것들의 숨을 능숙하게 먹어치운다
애벌레는 태원여관 203호실에 잠입한다
거울, 탁자, 헤어드라이어, 화장품
니콜 키드먼이 액자 속에서 옷을 벗고 있다

없는 사람이다 그는,
어디서나 투명 인간이었다

안개가 정액처럼 고인다
복도의 콘돔 자판기가 툴툴거린다
어항에 안개를 부어준다
어항은 혼자서 그 많은 정액을 들이킨다

정선선 막차가 여량 5리를 떠난다

# 아멘

집식구 예배 시간 늦어 태워주러 갔는데
오래 있으면
들어가자고 장로님 나올까 봐
서둘러 자리 뜨려는데

샛노란 생강꽃 녀석이 눈을 잡더니
옆의 놈
그 옆의 놈들이 바짓가랑이를 잡더니
결국 목사님께 잡혀
맨 뒷자리 쭈그려 앉아
내 죄를 토하는데
도대체 몇 살까지 거슬러 올라가야
끝이 날지 막막한데
나를 구원해 주는
저 신도들의 우렁찬 함성

아멘
그래 나도 아멘이다
일단 여기까지는 감해진 거다

# 벌교댁 편지

군대 간 큰애가 죽었다고
전화가 왔다
개구리가 목이 터져라 울었다

큰애는 보지도 못하고 뼈섬만 묻고 오는데
국립묘지 가기 전에 부친 편지가
먼저 와서 기다리고 있었다

누구에게 읽어달라고도 못 했다
품고 품어 세월이 다 해질 무렵에야
한글을 배웠다

'그 나이에 뭣 땜시 애쓰요' 묻는 이에게
'저승 가는 차편은 내 눈으로 보고 갈라고 그려요' 하면서도
내심 '보고 싶은 어머니께'를 수백 번 읽은 거다

눈물이 천만 번을 빙빙 돌아도 내 논바닥이듯
삼십 년을 빙빙 돌던 글자 내 눈으로 다 읽어야
아들 만나러 갈 수 있는 거다
그 아들 만나 맺힌 이야기 다 풀어낼 수 있는 거다

# 라오스

하늘이 있기는 있는 거야 날마다 악다구니로 덤벼야 살
수 있는 나라에서 그 정도야 아픔도 아니야 엄살 부리지 마

자꾸 다그치는 이 동네 신은 너무 야박하다

눅눅한 빵 한 조각으로도 소원이란 소원은 다 들어주는 라
오스 어느 무너진 사원, 포장해 간 죄를 꺼내서 바친다

덥석 받아주는 신이 고맙다

죄를 주고 죄를 받아서 왔는데 그 나라의 죄는 이 나라에
서는 무용이다

집으로 가는 어두운 골목, 나이 든 부부가 앞서간다 그림
자도 어둠에게 다 뺏기고 무서웠을까?
개를 끌고 나왔는데 개에 끌려간다

# 이를테면, 간접프리킥

비를 좋아하는 여자에 관한 이야기다 날이면 날마다 비가
오라고 주문을 외운다 돌멩이를 던지며 욕지거리를 한다 그러
나 비가 오는 날에는 그 여자를 볼 수 없다

소문에 의하면 그녀는 비를 그린다고 한다

그 여자를 좋아했던 축구공에 관한 이야기다
최초의 모양이 잘 기억나지 않지만 그 여자를 늘 따라다니
던 축구공, 어디로 튈지 모르는 여자의 걸음을 따라다니며 통
통거렸는데

정작 우아하게 튀어 오를 때는 단번에 뱉어지는

공이 아니라 불빛이거나 그림자거나 혹은 기침 소리같이
늘 여자 안에 있었지만 버려질 때야 기억에서 끄집어내지는

이를테면 그 여자에게 세상이란
뉘 손에 맞고 들어가야 골이 되는 간접프리킥이다

# 달빛은 아직 도착하지 않았다


또 어린 학생이 뛰어내렸다는 뉴스가 터미널 텔레비전에
서 흘러나온다
　화면 앞에 모인 사람들은 다 같이 고개를 끄덕인다
　부디 잘 가거라 거기서는 공부에서 해방되거라 카드 많이
쓰거라 전세방 따위는 살지 말거라
　저마다 자신의 소망을 하나씩 꺼내 조의를 표하고
　제 갈 길을 간다


　슬픈 일은 고개 끄덕여 주고 빨리 잊어야 살 수 있는 세
상이다
　빼빼 마른 개가 살점 붙은 뼈다귀를 노리듯
　햇살이 얇고 가늘게 터미널 바닥을 지나는 동안
　사람들은 밀물로 들고 썰물로 나고 있지만
　그게 어디 잊힐 일인가 싶어
　몇몇은 늙은 당나귀 같은 시외버스도 결국 놓치고 마는
　여기는


　달빛은 아직 도착하지 않았다 세상은 이미 칠흑인데

# 로그아웃

모니터 화면에 총알이 빗발친다
클릭
그녀를 죽인다

모니터 화면에 파리가 붙었다
클릭
죽여 버린다

더블클릭해서
살려 줄까

# 전디다

'견디다' 하면 머리가 하얘지는데
'전디다' 하면 가슴까지 뻐근해져서
'전디다'라는 말이 좋다

볼트와 너트가 입 앙다물고 상대를 전디듯
바이러스가 어지럽힌 세월을 전디고
세월이 빠져나가는 나를 전디고

당신을 전디고

# 필사筆寫

마음은 오래 구겨진 신발처럼 펴지지 않는다고 쓰고
바싹 마른 나뭇잎에서 불 냄새가 난다고 씁니다

곧 옮겨갈 불이라고 쓰려다 그만둡니다

어제는 당신이 가고 오늘은 비가 내린다고 씁니다.
당신이 없는 날 내리는 비는 언제나 겨울비입니다

마음이 아파도 물을 끓이고 약을 먹습니다
약은 치료하는 것이 아니라 자꾸 병을 부추기지만
비는 금방 그칩니다

수직으로 떨어지던 시절도
끝나고
슬며시 한 걸음 물러나서 봅니다
사랑이라고 쓰고 빗금을 긋습니다.
떠나간 사람보다는
떠나보낼 사람을 생각해야 합니다

# 커튼콜

1.
와온, 그 먹빛에 서면 마주 보는 검은 소가 나를
받아먹는다


2.
저 붉고 아스라한, 원수가 지나가던, 먹이가 지나가던
네 마음으로 들어가던 내가 쫓겨 나오던
저기


3.
사내가 노을을 등지고 말뚝을 박는다
남아있어야 말뚝인데
쿵쿵 저 바닥까지
다
박아버린다

# 제련의 삶, 제련의 시

유홍준(시인)

## 1. 우리는 쓸데없는 이야기 주고받는 사이

김정석을 만나 인연을 맺은 지 몇 해가 흘렀다. 기간이야 기껏 몇 년이지만, 매주 얼굴을 대하고 술집이며 노래방을 들락거렸으니 만난 횟수로 치자면 친구도 이만한 친구가 없다. 어쨌든 절친이랄 수 있게 됐다. 김정석의 술 실력은 빵점, 노래 실력은 백점. 무無알코올 섭취자이지만 서너 시간을 줄기차게 고성방가할 수 있는 노래방 애호가이자 실력자다.

한 번도 보지는 못했지만 축구를 즐겨 한다는 이야기를 들었다. 언젠가 반바지 입은 걸 본 적이 있는데 장딴지며 종아리가 판판, 장거리보다는 순간적인 스피드를 요하는 단거리에 그가 더 적합하리란 것을 알았다.

김정석과의 첫 만남은 하동 장터 언저리 어디쯤, 일식집이었다고 생각된다. 무슨 일론가 하동 사는 김남호 시인을 만나러 시조 쓰는 최영효, 김수환 시인과 출정(?)을 한 자리였다. 몇 순배 술이 돌고, 김남호 시인이 광양엘 살며 시를 쓰는 누군가가 온다고 했다.

김정석의 첫 인상은, 체격이 좋고 호인인 것 같았다. 얼굴이 둥글둥글하고 참머리에 숱이 많아 동안童顔으로 보였는데 술을 못한다며 탄산음료만 홀짝홀짝, 초면이어서였을까, 자기 얘기를 많이 하지는 않았다. 하여간, 김남호 시인의 소개로 포스코에 다닌다는 것과, 시집 한 권(『별빛 체인점』)을 냈다는 것과, 전라도(해남) 출신인데 경상도 사람들과 더 많이 어울린다는 걸 알았다. 그리고 얼마 후 진주로 나를 찾아왔고 어느덧 우리는 몇 년, 거의 매주 거르지 않고 만나 툭툭, 쓸데없는 이야기 주고받고 사이가 됐다.


## 2. '성실'은 우리들의 좌우명

무엇보다 김정석의 큰 장점은 '성실함'이다. 한 직장을 30년이 이상 다닌 사람이라면 성실해도 너무 성실하거나 널푼수가 없다는 증거, 이런 사람은 다 상賞을 줘야 된다. 사실 나도 구조조정(실직)만 없었다면 지금의 김정석과 똑같은 삶을 살고 있을 것이다.

공장 다니는 사람의 최고의 미덕과 덕목은 성실함이다. 성실함 없이는 결코 삶도, 가정도, 아울러 우리들의 시업詩

業도 꾸려나갈 수가 없다. 시가 결코 삶 위에 있을 수 없음을. 그리고 성실은 그냥 주어지거나 생겨나는 것이 아니고 끝내 많이 참고 견디고 인내해야 하는 것임을 김정석도 알고 나도 안다.

> 단 한 번의 불길을 위해
> 터지도록 제 몸에 압력을 채우고
> 사는 소화기, 당신
>
> 또 헛방이다
>
> 제대로 한번 쏘아보지도 못하고
> 실금실금 빠져나가는 압력처럼
>
> 이 웃음
> 이 세월
> 당신
>
> 소화기 하나 들고 거기 벌서라
> 내가 불 지를 때까지
>
> ―「소화기」 전문

이 시집의 서시에 해당하는 이 시는 한 직장 30년 근속자 김정석의 인내와 성실의 배후를 보여 주는 시다. 소화기는 특히나 공장에선 유독 더 눈에 잘 띄는 곳에 두어야 하는 물건. 그의 성실과 인내의 저 안쪽에 우리 눈에는 안 보이지만 끊임없이 들끓고 있는 휴화산이 있음을 단적으로 보여 주는 작품이다.

"단 한 번의 불길을 위해/ 터지도록 제 몸에 압력을 채우고/ 사는 소화기, 당신"은 타자가 아닌 바로 시인 자신이다. 그 소화기를 보며 김정석은 제 인생과 정신과 신체에서 "제대로 한번 쏘아보지도 못하고/ 실금실금 빠져나가는 압력"을 느낀 것이다.

시인은 '그러나 아직 끝나지 않았다'고 자신을 향해 최면을 걸고 주문을 외치고 있다. "소화기 하나 들고 거기 벌서라/ 내가 불 지를 때까지"…… 자연을 노래하지 않고 '지금, 여기' 내 곁에 있는 물건을 통해 아직 자신 속에 발산하지 못하고 분출하지 못한 욕망(?)이 있음을 노래한 점이 이 시의 큰 장점이자 매력이다.

이런 시는 「소화기」 말고도 또 있다.

광양주유소 휘발유 판매기 앞에
가을이 와서 멈췄다

성냥을 그어달라고

단풍나무 가지 사이로 쏟아지는 햇살
주유기를 꺼내어 갈긴다

초조한 사랑아


뼈가 붉게
익어간다
단풍잎도 온통 피칠갑이다


살점 뭉텅뭉텅 베어내듯 노을이 온다


불 질러달라고

―「편지」 전문


  좋다. "광양주유소 휘발유 판매기 앞에/ 가을이 와서 멈췄다". 이 구절만으로도 좋다. 순천이어도 안 되고 진주여도 안 되고 이 시는 지명地名이 딱 광양이어야지만 되는 시다. 광양이란 지명은 주유소(휘발유)와 잘 어울린다.
  주유注油를 한다는 얘기는 어딘가로 갈 거라는, 가고 싶다는 얘기. 경유輕油여서는 안 된다, 휘발유揮發油여야지만 된다. 차의 폭발력도 시의 폭발력도 그렇다. 시는 순식간에 독자를 향해 돌진해야 한다.
  「소화기」와 마찬가지로 「편지」도, 실은 시인 자신한테 보내는 '편지(시)'다. 이것은, 이를테면 셀프 주유. "주유기를 꺼내어 갈"기는 곳은 "초조한 사랑"의 대상, 두말할 것도 없이 '시'이다. 그러므로 김정석의 겉모습은 30년 포스코 근속자이지만 내면은 온통 피칠갑(시칠갑)일 것이다. 시의 불이 붙어 제 몸을 활활 태우고 싶은 간절함으로 가득 차있다.

　백 리 넘어 광양에서 매주 한 번 섬진강 다리를 건너 진주로 건너오는 까닭 또한 이 때문일 것이다. 잘 썼든 못 썼든 정석은 지난 몇 년간 매주 합평회 자리에 거의 시를 내놓지 않은 적이 없다.


## 3. 가라, 가라, 새 날리듯 달빛 날리며

　김정석은 늘 떠나고 싶은 사람일까? 유독 그리움에 관한 시들이 많고 갈등하는 시들이 많다. 멀리 떠날 수 없으니 '다솔사, 옥룡사, 서포' 등 가까운 곳이라도 떠돈다. 합평회 때 여러 번 혼자 하는 여행의 맛을 들먹이기도 했고 우리들에게 권유하기도 했다.

　시가 안 써지면 떠나라, 이것이 김정석의 시론이다.


　　절집 개 밥그릇은 깨끗하게 비어있다
　　공양간 신발은 공손하게 두 손을 모으고 있다
　　잘 있나요
　　화암사에서는 작게 말해도 멀리 간다
　　알몸처럼 맑은 소리가 난다

　　더 씻을 것 없어도 또 씻는다
　　자꾸 씻는다고 면박을 줘도 씻는다

밥그릇을 씻고

소리를 씻고

손을 씻고

씻고 씻고 씻고 돌아 나오는 길

공양간 모퉁이에서 누가 보고 있다

한 번은 더 와야겠다

ㅡ「화암사에서 쫓겨 나왔다」 전문


이태 전, 마악 연둣빛이 짙어져 가던 무렵이었다. 김정석
이 안도현의 '화암사' 얘기를 했고, 우리는 참 잘도 의기투합,
누군가가 하자면 하자는 대로 곧장 실행에 옮기던 무렵이라
(거기가 어디라고) 전라북도 완주 화암사행을 감행했다. 누
군가는 커피를 끓여 오고, 누군가는 빵을 사 오고, 과일을 장
만해 오고, 왁자지껄 중구난방 좁은 차 안에서 제각각의 얘
기들을 쏟아내며 당일치기 여행을 나섰다.

언감생심 선생 노릇을 하고 있지만, 주제도 안 되는 걸 누
구보다 잘 알기에 나는 권위며 체면 같은 건 아예 다 팽개치고
이들과 똑같이 어울리는 쪽이다. 함양을 지나 육십령을 넘어
마이산을 스쳐 우리는 쉬지 않고 완주를 향해 갔다.

화암사엔 누구나 다 초행, 실은 화암사보다는 일상이며 가
정에서 벗어났다는 해방감에 더 부풀어있었다. 그렇다. 아무
리 시가 좋고 중요하다 하여도 이런 해방감보다 더 위일까.
게다가 난생처음 가보는 낯선 곳이라니! 마을도, 집들도, 노
거수老巨樹들도, 내가 사는 동네의 것과는 조금 다른 느낌을

갖고 있어 좋았다.

화암사는 주차장에서 좁은 산골짜기 길을 따라 제법 한참을 올라가야 하는 곳이었다. 들뜬 일행에게는 그 좁고 가파른 골짜기 길마저도 신이 나서 걸어 올라가는 길. 도대체 이것들이 시를 쓰는 것들의 태도란 말인가? 깊고 조용한 사색이나 산책과는 애시당초 거리가 멀어도 한참을 멀었다.

하여간, 웃고 떠들고 분답스러워 전혀 시를 쓰는 인간들 같지 않아도 돌아와 우리는 하나둘 화암사 시편들을 쓰기 시작했다. 그중 김정석의 화암사 시는 '씻는 행위'에 주목했는데, 그 씻김의 대상은 '밥그릇, 소리, 손, 신발'이었다. 눈여겨볼 것은 그 행위자를 숨어 지켜본 것이 스님이나 부처님이 아니었다는 것. 그 절집 공양간에서 허드렛일을 하는 공양주일 가능성이 크다는 것.

얼핏, 읽기에 따라 이 시의 화자와 모퉁이에서 숨어 지켜보는 사람(공양주)은 옛 소설 속의 어떤 인연처럼 모자母子지간으로 읽히기도 하지만 아서라, 그러면 재미없다. 그냥 이유 없다. 깨달음과 수행의 길을 걷는 절집에서도 삶(밥)과 관련된 실존의 목록들(밥그릇, 소리, 손, 신발)을 잇대어 놓은 것이라 할 때 30년 직장인 김정석이 생산한 시라고 할 수 있는 것이다.

한껏 치장하고 온 사람들 배에서 내린다
매물도 길은 실밥 터진 청바지다 울긋불긋 아웃도어다
여길 가도 저길 가도 툭툭

웃음이 터진다

바다를 향해 소리치면 묵묵부답인데
대답을 들은 것 같다

길이 언덕을 넘어
더 못 가고 쌓인다
절벽이다

절벽을 등 뒤에 세우고
한 남정네 마지막 오줌 한 방울
털어낸다
빨간 동백 꽃물이 든 길바닥이 봄볕에
진저리 친다

길이 걸어간 멀리 수평선이 입을 꾹 다문다
—「매물도」 전문


　매물도 여행은 화암사 이전이었다. 모르겠다. 누가 먼저
매물도 여행을 꺼냈는지, 그게 나였던지 정석이었던지 아님
다른 누구였던지 지금은 기억에 없다. 하여간 아침 일찍 경
상대 남문 옆 주차장에 집결한 우리는 거제시 저구항을 향해
출발. 언제나처럼 갖가지 음식물들을 꺼내 히히덕거리며 먹
고 마시고 웃고 떠들며 달렸다. 거의 늘 그랬지만 운전은 김

정석, 차는 하얀색 산타페였다.

김정석의 차는 검은색 승용차인데 여행을 갈 때마다 아내(횡성댁)의 차 산타페를 끌고 왔다. 남자라고는 김정석, 김수환 그리고 내가 전부라 아이고 힘들어라, 도리 없이 기사도를 발휘해야만 했다. 김정석과 김수환이 아무리 아니라고 해도 여자(?)들은 언제나 정석과 수환을 '언니'라고 불렀다.

대매물도 선착장에 도착, 아침을 굶은 누군가는 라면을 시켜 먹고 누군가는 싸 가지고 온 떡을 먹었다. 등대가 예쁜 소매물도보다는 왠지 아무 것도 없는 대매물도가 시를 쓰는 우리한테는 더 나을 거라는 판단 때문에 택한 행선지였다.

대매물도는 대大 자가 무색할 만큼 형편없는 곳이었다. 점방이라곤 달랑 하나, 선택의 여지가 없었다. 우리는 허름한 그 가게 의자에 이리저리 걸터앉아 거북손인가 뭔가를 삶아 주는 안주를 하나 시켰다. 그리고 딱 한 잔씩만, 빈속에 소주를 털어 넣어 기분을 부풀렸다. 육지가 아닌 '섬'이라는 그 장소성이 주는 설렘이 있었다.

비탈길을 따라 섬 일주에 나선 우리는 고갯마루에 위치한 폐교 그네에 앉아 잠시 세상사에 시달린 몸을 흔들어보기도 했고, 구불구불 언덕길을 내려가 섬 기슭에 와 닿는 파도가 몽돌 씻어내는 소리를 듣기도 했다. 고갯마루에 위치한 학교도 멋있었고 언덕 넘어 몽돌 씻는 바다도 멋있었다. 언덕 너머란, 그렇다. 늘 무엇이 있을까, 기대감을 갖게 한다. 언덕 너머, 언덕 너머, 시가 있는 것이다. 언어의 언덕 너머, 생각의 언덕 너머, 도덕의 언덕 너머……

산기슭을 가로지르는 길을 따라 건너편 언덕에 올라간 우리 일행은 누구랄 것도 없이 하나둘 막 새 풀이 돋아나는 이른 봄의 풀밭에 누워 하늘을 올려다봤다. 하늘과 구름과 살아온 날들과 이런저런 것들이 교차했다. 바닥에 누워 하늘을 올려다보는 재미란 그런 것이었다. 직립해서 수직일 때보다 드러누워 수평일 때의 생각이 더 진짜(시)에 가까웠다.

김정석은 그날 "길이 걸어간 멀리 수평선이 입을 꾹 다" 물고 들려주는 대답을 들은 것 같다. "길이 언덕을 넘어/ 더 못 가고 쌓"이는 것. 그래서 삶은 늘 '절벽'인 것을 알아챘던 것 같다.

돌아오는 길에, 좁은 산길 옆에 앉아 나물을 파는 노인들에게 제각각 방풍나물을 한 봉지씩을 샀던가. 저구항 어느 식당집 노모가 손질하고 있던 쪽파를 또 한 봉지씩 샀던가. 일상을 떠나 '섬'을 향했던 우리들의 손에는 누구랄 것 없이 방풍이며 쪽파며 나물 한두 봉지씩이 들려 있어 돌아오는 차 안은 짙은 파 냄새로 진동을 했다. 파 냄새, 파 냄새, 짙은 파 냄새…… 그것은 피할 수 없는, 우리가 끝끝내 맡아야 하는 삶의 냄새였다.

> 망개덩굴처럼 뻗어있다
> 읍내의 길이라는 건 살아온 사연대로 자라는 거라
> 우측으로 돌아서 와도
> 좌측으로 돌아서 와도
> 화신라사 사거리 망개떡 가게 앞에서 만난다

열고 들어오는 사람도 편하다
닫고 나가는 사람도 편하다

기사식당 문짝은 이렇게
조금씩 비틀렸으니
아무리 툴툴거려도 상관없겠다

손님보다 객식구가 더 많이 모여 밥을 먹는다
밥 한 숟가락에 말 세 숟가락씩이다
허름한 숟가락 통이나
오래된 주전자
여기서는 서툰 서울말로 주문해도 들키지 않는다

자꾸만 터지려는 웃음이
이 골목 저 골목에서 불쑥불쑥 튀어나온다

그렇다고 의령에서는 다 웃어버리면 안 된다
망개잎 뜯어 꼭꼭 감싼 망개떡을
슬쩍 내밀면 그게 마음이다

—「의령 2」 전문


　두말할 것도 없이 의령은 경남 의령宜寧이다. 그렇다. 지
난 몇 년간 내가 전라남도(보성)로 시 수업인가 뭔가를 하러
뻔질나게 외도를 할 동안 정석은 또 부지런히 경상도 땅으로
시를 구하러 넘어왔다. 그렇게 우리는 도계道界를 무시하고

서로의 영역(?)을 넘나들었다. 말하자면 동서화합이네 뭐네 뭐 그런 말 따위는 애당초 필요도 없었다.

　의령은, 우리들 시 모임 멤버 중 주향숙이 사는 동네. "김 정석이 언제 (주향숙을 만나러) 의령엘 갔었나?" 합평회 멤버 들은 이 시를 읽고 쑥덕쑥덕 놀리기 시작했다. 의령은 "자음 이 떨어져 나간 간판/ 조로식당과 꼬님의상실 사이의 빨랫줄 에/ 하얀 팬티와 헐렁한 티셔츠가 널려 있"는 동네. 우리 몰 래 언제 주향숙을 만나러 갔었냐는 도반들의 질문에 김정석 은 한사코 손을 내저어 보였다. 그냥 인터넷을 뒤져보고 생 각만으로 시를 썼다는 거였다. 조로식당과 꼬님의상실, 종 로식당과 꽃님의상실도 인터넷을 뒤져 알았다고 했다. 그래 도 이건 너무 리얼하다고, 진짜처럼 생생하다고, 도반들은 믿으려 들지 않았지만. 그냥 갔다고 해도 될 걸 한사코 의령 엘 간 적이 없다는 거였다.

　갔으면 어떻고 안 갔으면 또 어떠랴. 사실은 의령이 곧 해 남이고 해남이 곧 의령. 김정석이 태어난 해남이나 주향숙 이 살고 있는 의령이나 김수환의 함안이나 다 그게 그거다. 우리들의 고향은 다 자음子音 하나씩이 떨어져 나간 간판들 을 달고 있다.

　고향이란 "열고 들어오는 사람도 편하다/ 닫고 나가는 사 람도 편하"다. "우측으로 돌아서 와도/ 좌측으로 돌아서 와 도/ 화신라사 사거리 망개떡 가게 앞에서 만"나는 곳, 고향 은 그런 곳이다. 김정석이 늘 가고 싶은 곳, 그 여행지도 실 은 이런 곳(고향)일지도 모른다.

"서툰 서울말로 주문해도 들기지 않"는 의령에서 김정석은 "다 웃어버리면 안 된다/ 망개잎 뜯어 꼭꼭 감싼 망개떡을/ 슬쩍 내밀면 그게 마음이다"라고 말한다. 생각해 보니 그렇다. 김정석은 크게 소리 내어 다 웃는 경우가 거의 없는 것 같다. 대개의 남자들이 그렇고 우리 또래가 그렇듯이 김정석 또한 크게 소리 내어 웃거나 무언가를 내색하거나 그러지는 않는 것 같다.

밤 9시, 합평회를 마치고 무얼 먹으러 가는 길. 언제 보았는지 내 담뱃갑이 비어가는 걸 보고 정석은 얼른 마트에 들러 담배 두 갑을 사서는 씨익 나에게 건넨다. "이게 뭐야?" 하면 "그냥 피워!" 이게 그의 답이다. 담배도 피우지 않는 인간이……

김정석은 여리고 착하다. 김정석이 마음을 건네는 방식은 그렇다. "슬쩍 내밀면 그게 마음"이라는 거다. 어쨌거나 동시대에 태어나 동시대를 살아가는 동질감이 말 안 해도 우리네 마음속에 자리 잡고 있다. 아이고, 그나저나 날름날름 담배를 받아 챙기는 나는 나빠도 한참 나쁜 놈. "미안하다, 정석아. 우리가 언제까지 (친구로) 잘 지낼지는 모르겠다마는, 내한테 잘해라이. 히히히히."


## 4. 마음은 천 근이어도 다시 억만 근 철판을

전라남도 문인들과 더불어 강진으로 해남으로 '시가 흐르는 행복학교' 문학기행을 하고 돌아오던 길인가 싶다. 아니면 광양시 진월면, 마루 밑에서 윤동주 시인의 유고遺稿가 발견된 정병욱 생가를 찾아갔던 길인가 싶다. 그도 아니면 광양시 중마동 게장집에서 도저히 경상도 쪽에선 맛볼 수 없는 게장을 얻어먹고 돌아오던 길인가도 싶다.

김정석의 주선으로 불쑥 찾아간 포스코. 김정석은 그 거대한 공장, 전기電氣 쪽 파트에서 근무를 하고 있었다. 포스코 출입은 엄격했다. 엄격(!), 엄격이 포스코의 위상이자 자랑이었다. 김정석이 포스코에 대해 이런저런 설명을 했지만 우리 일행은 그 '엄격'에 눌려 아무것도 눈과 귀에 들어오지 않는 것 같았다. 20년 공장 경력이 있는 나만 이것저것 호기심을 내보였을 뿐.

정석이 다니는 제철소와 내가 다녔던 공장은, 물론 규모면에선 비교도 안 되지만 그 생산 공정 과정이 거의 비슷했다. 정석을 따라 계단을 올라가 문을 열고 들여다본 생산 현장!

최대한 벌겋고 최대한 무거운 쇳덩어리 하나가 생산 라인을 따라 달궈지고, 눌려지고, 식혀지며, 하나의 상품이 되는 과정을 통과하고 있었다. 그 무서운 쇳덩어리를 달구는 온도와, 누르는 압력과, 식히는 과정에서 발생하는 수증기에 일행들은 바짝 긴장을 한 눈치였다. 그렇다. 위용이란 말은 달리하면 공포란 말이다. 그런데 김정석은 날이면 날마다 그 위용과 공포와 맞서고 화해하고 사랑하며 밥을 벌고 있다. '대단'하다는 말은 다른 때 쓰는 게 아니고 이런 때 쓰는 말.

때릴수록 제 몸이 더 멍 드는 게 쇳덩이다
식힐수록 제 몸이 달아오르는 게
사랑이다

천 도로 달군 쇠가
초속 이십 미터로 달린다
빨갛게 달굴 때는 언제고
너무 달아올랐다고 두들겨 패며 물을 뿌린다

단단해져라
질겨져라
그대 만날 몸을 만들려면 그 정도로는 안 된다

여름도 겨울도 여기는
천 도 언저리,

살다가 그게 그거다 싶어지면
여기 와서 보는 거다
여기서 멈춰야겠다 싶으면
확 부어
쇠로 굳혀 버리는 거다

—「제련」 전문

시를 쓰며 공장엘 다니는, 공장엘 다니며 시를 쓰는 한 영

혼이 제련의 과정을 통해 본 것은 정녕 무엇이었을까. 나 역시 제지공이면서 시인으로, 시인이면서 제지공으로 살아봐서 잘 안다. 전혀 이질적인 이 두 존재는 서로가 서로를 피하고 싶어 한다는 것을.

주변에선 이구동성 '현장 이야기'를 쓰라고 하지만, 그것은 피하고 싶은 그 무엇. 시인에게 너무나 직접적인 경험(삶의 이야기)은 왠지 두려워 피하고 싶은 심리가 작동하는 법이다. 정석에게도 아마 그런 심리가 작용을 했으리라.

나는 정석이 왜 '현장의 시편들'을 시집의 뒤쪽 4부에 구성했는지 충분히 알 것 같다. 이 시집의 4부에 구성되어 있는 시들엔 무엇보다 삶의 담금질과 산재사고에 관한 시들이 많다. 전기電氣쟁이인 시인은 "사람이든 짐승이든/ 죽음 앞에서는/ 0(「프로그래밍 컨트롤러」)"이다.

거대하고 무시무시한 공장은 적지 않은 급여와 윤택한 삶을 보장해 주지만 "몰래 들어왔다 나갈 길을 잃은 쥐도/ 가끔 똥을 싸고 죽는 곳(「폐회로」)"이다. 그곳은 "빙글빙글 돌던 기계가/ 먹었던 손을/ 토해" 내는 곳이고 "뭐든지 삼켜버리는 시뻘건 불가사리"(「선회창旋回窓」)가 살고 있는 곳이다.

주지하다시피 자본주의에선 이 '불가사리'가 없으면 안 된다. 손가락을 먹이든 쥐를 먹이든 우리는 이 불가사리를 먹여 살려야 우리도 살 수 있다. 그래야 배도 만들고 차도 만들고 우리에게 필요한 많은 것들을 만들 수 있다. 잊힐 만하면 제물(목숨)을 바쳐야 하는 현대판 인당수, 그곳이 공장이고 우리 삶의 터전이다. 나 역시 제물이 되어 두 번의 심각한 산재

사고(왼손 검지와 오른쪽 손목)를 겪었지만 전기쟁이 김정석에게
도 아마 이 공포는 적잖았으리라.

"꽉 조이지 않으면 언제 어디서 풀릴지 몰라" 조이고 또
조였던 그 공포. "이 손 좀/ 봐/ 이게 어디 사람 손이니"(「스
패너들」). 애시당초 사람 손이길 포기해 버린 손들. 그러나
"01100101100// 여기 어디예요/ 밥 먹고 나서면 공장이거나
집"일 수밖에 없는 고단하고 슬픈 다람쥐 쳇바퀴 삶이 우리
들의 삶이다. 오죽하면 공장엘 다니면서 시를 쓰는, 시를 쓰
면서 공장엘 다니는 사람들은 이 '현장 이야기'를 애써 외면,
피하려고 들까.

거친 이야기가 되겠지만 내가 만나본 대부분의 노동시는
가짜다. 진짜 노동자는 그 이야기 안 하려 들고 피하려 든다.
해도 다른 식으로 할 가능성이 크다. 직접적인 공장 이야기를
쓴 시인들은 노동자여도 가짜 노동자. 진짜 현장에서 일 하
는 노동자는 제 삶에 관하여 격앙되게 목청을 높이지 않는다.

나는 30년 근속 김정석의 노동 경험은 오히려 '현장 밖' 다
른 곳에서 더 빛나거나 드러난다고 생각한다. 「소화기」나 「편
지」 역시 일정 부분 그러하지만 "해는 떨어지면서 버니어 캘
리퍼스를 들이댑니다/ 사랑이든 외로움이든 0.1밀리미터로/
측정합니다// 가끔 절망의 거리도/ 사랑으로 오측정합니다/
사랑으로 갔다 절망으로 돌아오기도 합니다(「안녕, 크로테」)"
같은 작품이 그러하다.

자연(해)이라는 대상이 기계의 공구(버니어 캘리퍼스)를 들이
댄다는 것. 이 시선 이 인식이 30년 근속 노동자의 시선이고

시다. 시집 전편을 훑어보아도 기본적으로 김정석은 자연친화적 인간인데 본인의 의사 의지와는 전혀 무관하게 해(자연)라는 대상이 버니어 캘리퍼스(기계의 공구)를 들이대어 측정을 한다는 공업적 발상이 나온 것이다.

어쨌든 김정석이 포착한 중요한 지점은, 기계(전기)는 오측정을 해서는 절대로 안 되지만 자연(해)은 "절망의 거리도/ 사랑으로 오측정"해도 괜찮다는 것. 바로 이 지점이 시인이 산업화로 희생된 우리 모두를 회복하는 길이라고 인식하고 있다는 것. 이것이 김정석의 이번 시집을 관통하는 하나의 큰 골격이자 키워드이다.

김정석은 용도나 기능보다 에티오피아 일곱 살 소년 "마흐니의 플라스틱 물통에 선명하게 찍힌/ 메이드 인 코리아"(「메이드 인 코리아」)란 상표를 먼저 보고 그 고통스런 삶을 노래하거나 비판하는 시인이다. 나는 김정석만의 이러한 발상이나 방식이 좀 더 극단으로 나아가기를 바랐는데, 아서라 고집 센 김정석은 그럴 생각 추호도 없단다. 저는 제 방식으로 쓰겠단다.



## 5. 박수, 그대의 커튼콜

1.
와온, 그 먹빛에 서면 마주 보는 검은 소가 나를
받아먹는다

2.

저 붉고 아스라한, 원수가 지나가던, 먹이가 지나가던

네 마음으로 들어가던 내가 쫓겨 나오던

저기


3.

사내가 노을을 등지고 말뚝을 박는다

남아있어야 말뚝인데

쿵쿵 저 바닥까지

다

박아버린다

—「커튼콜」전문


알 것 같다. 이 '커튼콜'이 무엇인지. 와온에서, 벌교에서,
또 해 지는 뻘 저 어딘가에서 나 역시 이런 광경을 지켜본 적
있는 것 같다.

이번 시집에 대한 솔직한 내 독후감은 첫 시 「소화기」의 첫
연 "단 한 번의 불길을 위해/ 터지도록 제 몸에 압력을 채우
고/ 사는 소화기"와 마지막 시 「커튼콜」의 마지막 연 "사내가
노을을 등지고 말뚝을 박는다/ 남아있어야 말뚝인데/ 쿵쿵
저 바닥까지/ 다/ 박아버린다"를 이어 붙여 읽으면 이 시집이
다 파악된다고 생각한다. 한마디로 최선을 다해 성실과 근면
으로 이 삶을 꾸려나가지만 그것은 겉모습일 뿐, 시인은 실
은 터지도록 제 몸에 압력을 채우고 사는 소화기라는 것이다.

"남아있어야 말뚝인데/ 쿵쿵 저 바닥까지/ 다/ 박아버린" 사내의 끈기와 근력은 도대체 어디에서 온 걸까? 그것을 다 알아낸다는 건 도무지 불가능하지만, 어쨌거나 김정석은 무엇보다 가정을 잘 이끌어온 사람이다. 우리가 희희낙락 음식을 나누고 술잔을 나눌 때에도 딱 제시간이 되면 틀림없이 아들로부터 전화가 온다. 공기업에 다니는 아들은 오늘 하루 있었던 일을 털어놓고 아버지는 또 맞장구를 쳐주거나 격려를 해준다. 잔소리가 많은 상사와 여자 친구 문제까지 시시콜콜 아버지와 다 공유하는 아들이다. 돌아가신 부모님 이야기, 형님이며 누님 이야기, 이런저런 이야기도 정석으로부터 들었다. 정석은 무엇보다 지난 몇 년, 갈팡질팡 헛되이 살아온 나를 옆에서 지켜주고 붙잡아 준 친구다.

낼모레면 우리도 이제 육십. 이 시집은 육십 전에 내는 김정석의 마지막 시집이 될 것이다. (깜도 안 되는 주제이지만 이 귀한 시집에 흐트러진 글이나마 보탤 수 있어 감사하다!) 갑년甲年을 넘기고 나면 알게 모르게 우리들의 시며 모습들은 또 얼마나 변해 있을 것인가? 나는 갑년 이후의 삶은 또 얼마나 적적하고 외롭고 평화로울 것인가, 젊어서 겪던 혼란이며 착오들이 가라앉아 요동치지는 않으리라는 기대감이 있다. 우리들의 시 역시도 그러하리라.

아프지 말고 씩씩하게 잘 살자.

# 천년의시인선

139